아가야,
엄마는 너를 기다리며
시를 읽는다

엄마와 아이의 마음을 하나로 이어 주는 아름다운 태교 시 90편

아가야,
엄마는 너를 기다리며
시를 읽는다

| 신현림 엮음 |

건는나무
walking tree

아가야, 너를 기다리며 시를 읽는다

집 앞 도서관에 가려고 길을 나설 때였다. 저만치 보이는 얼굴을 보니 몇 년 전 함께 일했던 편집자가 아닌가. 우리는 반가워서 가던 길을 잠시 멈추고 카페에 들어갔다. 그동안 어떻게 지냈냐고 묻자, 그녀의 표정은 행복과 설렘으로 보름달처럼 환하게 빛났다.

"선생님, 저 내년에 엄마 돼요."

나도 모르게 그녀의 손을 꼭 잡고 축하 인사를 건넸다. 오래 기다렸던 아기라 한없이 기쁘다면서도 엄마가 된다는 책임감과 두려움에 엷은 물안개처럼 흔들리는 그녀. 문득 십여 년 전 딸아이를 가졌을 때가 떠올랐다.

멋모르던 어린 시절에는 아이가 마냥 예쁘고 사랑스러워서 여섯 명 정도는 낳아 키우겠다는 생각을 했다. 하지만 나이를 먹고, 세상 일에 쫓겨 정신없이 살다 보니 엄마가 된다는 건 멀고 먼 남의 이야기가 되어 버렸다.

그런데 뜻하지 않게 아이가 내게 찾아왔다. 늦은 나이에 임신을 한 데다 헤쳐 나가야 할 인생의 문제가 가득한 상황에서 아이를 낳는다는 게 너무 무모하게 느껴져 나는 오래도록 망설였다. 그렇게 마음의 결정을 내리지 못하고 불안한 마음으로 찾아간 병원에서 처

5

음 아이를 만났다. 어두운 초음파 화면에 나타난 별 같은 작은 빛. 불면 날아갈 듯 아이는 작고 여렸지만, 심장 소리만큼은 크고 힘찼다. 작은 생명의 강렬한 힘 앞에서 나는 망설임을 버리고 아이가 하늘의 뜻임을 겸허히 받아들였다.

그때 누군가 내게 엄마 될 준비가 됐냐고 물었다면 당당히 '네'라고 대답하지 못했을 것이다. 준비는커녕 예상치 못한 임신으로 마음은 불안했고, 지독한 입덧에 시달리느라 몸과 마음이 지쳐 있었다. 입덧이 잦아들고 배가 풍선같이 부풀고 난 뒤에야 비로소 '엄마'라는 자각이 생겼다. 그리고 하나둘 걱정이 잡초처럼 자라나기 시작했다. 내가 아이에게 한결같은 사랑을 주는 좋은 엄마가 될 수 있을까. 아이는 아무 탈 없이 건강하게 태어날까. 아이가 생기면 엄마가 되는 거고 남들처럼 그냥 키우면 되겠지, 라고 단순하게 생각했는데 그게 아니었다. 어느 순간 두렵고 혼란스러워 자다가도 번쩍 눈이 떠지곤 했다.

그렇게 잠을 설치는 밤마다 내가 한 유일한 태교는 책장에 꽂힌 시집을 꺼내 읽는 것이었다. 아이를 갖고 나니 늘 보던 시도 새롭게 다가왔고, 시의 아름다움도 다시 보였다. 시 안에는 수백 년간 전해 내려온 아이 키우는 지혜가 깃들어 있었고, 아이의 순수한 눈으로 바라본 세상이 담겨 있었으며, 인생에서 놓치기 쉬운 귀중한 깨달음을 만날 수 있었다.

시인들은 아이를 안은 경이로움을 이렇게 노래했다. "네 얼굴을 들여다보고 있으니, 신비로움에 숨이 멎을 것 같구나. 만물에 속하는 네가 나의 것이 되었다니. 너를 잃을까 두려워 나는 너를 가슴에 꼭 껴안는다"라고.

또한 인생 선배의 조언이 샘물 흐르듯 들려왔다. "만일 내가 다시 아이를 키운다면 먼저 아이의 자존심을 세워 주고 집은 나중에 세우리라. 아이와 함께 손가락으로 그림을 더 많이 그리고 손가락으로 명령하는 일은 덜 하리라"라고.

그리고 시 안에는 곧 만나게 될 내 아이의 목소리도 담겨 있었다. "개구쟁이래도 좋구요, 말썽꾸러기래도 좋은데요, 엄마, 제발 '하지 마. 하지 마.' 하지 마세요. 그럼 웬일인지 자꾸만 더 하고 싶거든요"라고.

따스히 마음을 위로해 주고, 미소 짓게 해 주고, 가슴 뭉클하게 만드는 감동의 시들을 읽으며 나는 다시금 마음을 다잡곤 했다. 이제 봄바람이 불면 아슬아슬 숨 쉬는 아기를 낳겠지. 그 아이에게 인생은 습관으로 사는 게 아니라 탐구하며 열렬히 살아 내는 것임을 알려 주리라. 고통과 좌절도 인생의 보약이며 삶을 풍요롭게 해 준

다고 말해 주리라.

그렇게 아이를 키운다는 것, 삶을 살아간다는 것의 의미를 시를
통해 배웠고, 흔들리는 마음을 차분하게 다독일 수 있었다.

우리가 살아가면서 하는 일들이
모두 하찮아 보일 수도 있어.
하지만 지금 네가 할 일은 매우 중요해.
그건 아무도 대신할 수 없거든.

누군가 네 삶에 들어왔을 때
의심 많은 넌 이렇게 얘기하겠지.
"넌 아직 준비가 안 됐어."

그러나 다른 한쪽에선 이렇게 말할 거야.
"그녀를 놓치지 마. 네 인생의 기회야."

● 윌 페터스, 「인생의 기회」

엄마라는 이름이 무겁게만 느껴지던 날, 가장 힘들고 외롭던 날

조금은 평범한 듯한 이 시가 그날따라 가슴 깊이 와닿아 눈시울이 붉어졌다. 엄마가 되는 건 아무도 대신 할 수 없는 중요하고 위대한 일이란 격려가 필요했나 보다. 내가 엄마 역할을 잘 할 수 있을까, 의심할 때 인생에 둘도 없는 소중한 기회라고 다독여 주는 시를 읽으며 나는 큰 용기를 얻었다.

아름다운 시를 읽는 동안 수많은 걱정은 아이를 기다리는 순수한 기쁨으로 바뀌었고, 아이에게 전하고픈 무한한 사랑은 시인들의 풍부한 감성과 언어를 통해 전해졌다. 또한 시는 마법을 걸듯 내게 좋은 시를 쓰고 싶다, 더 열심히 살고 싶다는 생의 의욕을 불러일으켰다. 시를 읽을 때마다 배 속의 아이와 하나로 이어지는 듯 기뻤고, 그런 특별한 교감이 있었기에 내 아이가 밝고 사랑이 충만한 아이로 자랐다고 믿는다.

십여 년이 흐른 지금, 누가 내게 좋은 엄마라고 칭찬하면 참 부끄럽다. 그러나 한 가지 사실만은 자신 있게 말할 수 있다. 아이를 낳아 키운 일이 내 인생에서 가장 잘한 일이며, 아이를 통해 인생의 신비와 신성함을 맛보고 있다고. 엄마가 된다는 건 세상에 내어나 사랑을 전하고 이어 가는 가장 위대한 일임을 깊이 깨닫는다.

아이를 낳아 키우면서 "혼자 아이 키우기 힘들지 않으세요?"라는 질문을 참 많이 받았다. 물론 모녀 가장으로 살며 사방에 벽이 있는 것처럼 암담한 날도 많았고, 혼자 영화를 보다 쓸쓸해져 사무치게 울던 날도 있었다. 하지만 하루 종일 일에 치여 녹초가 되어 누웠을 때, 나를 보고 활짝 웃으며 '예쁜이 엄마, 사랑해' 하고 열렬히 안아 주는 아이가 있었기에 언제나 다시 힘을 내어 살 수 있었다.

그래서 "힘들죠. 하지만 아이는 저를 끊임없이 일으켜 세우고, 다시 살게 하는 스승인 걸요"라고 대답한다. 그 누구도 흉내 못 낼 사랑스러운 표정, 보들보들한 살결을 가진 아름다운 꼬마가 나를 좋아하고 무한한 사랑을 퍼부어 주는데 어찌 힘이 안 나겠는가.

이제 내 아이는 훌쩍 커서 사춘기 숙녀가 되었다. 애정을 담뿍 담아 긴 문자를 보내면 '응'도 아닌 'ㅇ' 하나만 찍힌 문자를 보내고, '아니' '이따집에서말해'라며 무뚝뚝한 답장을 보내 나를 허탈하게도 한다. 하지만 잠든 아이의 손을 꼭 잡고 평화로운 얼굴을 들여다보며 내 안의 작은 생명이 이토록 멋지게 자라났음에 전율한다. 또한 이 아이가 존재하고, 내 곁에 있음에 늘 감사한다.

인생이 무언지 아무도 그 답을 모른다. 그렇지만 나름대로 답을 찾아가는 재미로 사는 건 분명하다. 해가 지고 어두워져도 정신을 똑바로 차리면 사라지지 않는 불빛처럼 자기만의 길이 보인다. 그

길을 뚜벅뚜벅 가다 보면 어둡고 추워서 눈물이 날 때도 있겠지만 해 질 녘 아름다운 들판을 만나 편안히 쉴 때도 있으리라. 그러면 마침내 내가 그토록 가려던 무지개 뜬 바다도 만나게 되리라.

아이를 키우는 일도 마찬가지일 것이다. 아이는 부모 인생 최고 의 행복이지만, 말을 듣지 않고 어긋나면 좌절감과 깊은 슬픔에 빠 지기도 한다. 그럴 때는 자신을 탓하며 슬퍼하지 말고 시를 읽고 마 음을 다독여 사랑과 용기를 다시 채우길 바란다.

시를 꺼내 읊다 보면 시의 아름답고 긍정적인 기운이 퍼져 온다. 그리고 고난과 아픔마저 씩씩하게 이겨 낼 힘이 생긴다. 시 속의 비 유와 상징은 비의로 가득 찬 삶을 아우르고, 어떤 알 수 없는 신비 속으로 우리를 이끌어 간다. 그리고 시를 통해 삶의 소중한 순간을 음미할 용기도 다시 얻을 수 있으리라. 그렇게 아이가 매일매일 조 금씩 자라는 순간을 만끽하고 열렬히 껴안다 보면 풍요로워진 인생 자체가 한 편의 시가 되리라.

이제 당신 앞에 펼쳐질 새로운 여정에 따스한 응원과 축복을 보 낸다.

2013년 8월
신현림

C O N T E N T S

Part 02 황홀하면서도 두려운 이름, 엄마

Part 03 세상 모든 행복을 너에게 주고 싶어

Part
01

아가야,
나는 너를 만나고 싶어

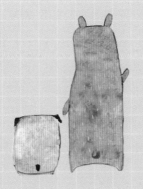

처음으로 임신 사실을 알았을 때 머릿속을 가득 채운 건 기쁨보다 걱정이었다.

나는 중년으로 가고 있었고, 몸은 허약했고, 일에 지쳐 있었다. 아이를 낳기에도, 다시 인생을 시작하기에도 늦었다고 생각했다. 게다가 모든 일을 헤쳐 가야 할 나는 혼자였고 어두운 복도를 가는 것처럼 몹시 춥고 외로웠다.

그러나 초음파를 통해 아이의 심장 소리를 처음 듣던 날, 모든 걱정이 봄눈 녹듯 사라지는 것을 느꼈다. 아이는 씩씩한 심장 소리를 들려주며 달콤하게 외치고 있었다. "엄마는 혼자가 아니야"라고. 바로 그날부터 나는 언제나 아이와 함께였다.

아이가 배 속에 있을 때부터 나는 아이와 대화를 나눴다. 밥을 먹을 때는 "엄마 이제 밥 먹을 거야. 너도 맛있게 먹어" 하고, 거울을 볼 때는 "엄마 보이니?" 하며 말을 걸었다. 비디오를 볼 때에는 마치 곁에 아이가 있는 듯 사소한 장면까지 설명했고, 소리 내어 시를 읽으며 내가 어떤 구절을 좋아하는지도 알려 주었다. 내가 우울해하면 아이는 딸꾹질을 하며 뭐 그리 우울하냐고 위로해 주었고, 낯선 사람들을 만날 때는 나와 함께 숨을 죽이고 그들의 이야기를 들었다.

우리는 서로 응원해 주는 환상적인 팀이었다. 그래서 축구공만 한 배를 안고 전국을 돌아다녀야 하는 조선일보 박물관 기행 연재도 선뜻

맡을 수 있었다. 우리 둘이서 더 깊이 숨결을 느끼고 교감하리라는 확신이 들었기 때문이다. 8개월 동안 버스, 기차, 택시를 타고 전국을 누빈 박물관 여행은 풋풋한 대지와 체온을 나누며 찬란한 역사의 기운을 가슴 깊이 새긴 참으로 소중하고 놀라운 경험이었다. 그때 아이와 마음으로 나눈 한 곳 한 곳의 추억들이 육체와 정신의 일부가 되어 지금껏 나와 아이의 생을 신비롭게 비추는 기분이 든다.

물론 힘든 날도 많았다. 파도처럼 밀려드는 메스꺼움과 구토증은 물론이고, 그렇게 좋아했던 향수 냄새에도 예민하게 반응하는 후각은 임신 기간 내내 나를 고통스럽게 했다. 밖에서 사 먹는 음식은 입에 댈 수도 없어서 10개월 동안 집에서 담백한 음식을 해 먹고, 향수 냄새를 지우기 위해 화창한 날이면 옷장의 옷을 모두 꺼내 말리곤 했다.

그럼에도 나를 버티게 한 건 배 속의 아이였다. "아가야, 잘 있니?"라고 말을 걸면 아이는 어김없이 한 바퀴 원을 그리며 신호를 보내 왔고 하품과 딸꾹질 소리로 내 관심을 끌었다. 그 작지만 힘찬 생명의 기운에 힘을 얻어 다시 환히 웃으며 아이를 기다릴 수 있었다.

네게 비틀스와 아리랑을 들려줄까
어미가 좋아하는 노래들을
이승을 살아내는 가락이 얼마나 눈물겨우며

붙들 수 없는 시간 붙드는 노래가 얼마나 경이로운가를

너로 인해 나이 먹는 게 두렵지 않아

너로 인해 몸 가득 충전된 에너지를 느껴

너로 인해 믿을 수 없는 내일을 믿으며

너와 함께 다닌 박물관 기행중에

천황봉 가까이 지리산 자락 금대사를 기억하니?

영암의 토담과 군산의 까마귀 떼를

도서관에 앉으면 유난히 배 속을 울린

네 딸꾹질 소리 딸꾹딸꾹

뻐꾸기 소리처럼 뻐꾹뻐꾹

네 존재를 느끼며 다닌 곳곳마다 빛이 출렁였다

조금씩 서로를 발견하는 시간

칠 개월 때 작은 네 초음파 사진을

만삭의 배에 붙여두고 나는 흥얼거린다

컴퓨터 화상에 물결치는 네 얼굴, 네 발, 네 손

젖가슴 아래 작은 발이 수초처럼 부드럽게 흔들리는

너, 너

너로 인해 사랑을 얻고

어미는 감미로운 족쇄에 묶여 노래한다

● 나의 시, 「달콤한 육체」

가끔 생각한다. 그때 아이가 내게 오지 않았다면 어떻게 살았을까.
더 잘 살았을까? 더 행복했을까? 아마 그렇지 못했을 것이다. 더 오래
아파하고, 더 오래 방황하며 괴로워했을 것이다. 아이는 내게 사랑을
일깨워 주었다. 부모님과 형제, 내 주변의 사람을 더 소중하게 여기게
해 주었고, 나를 더 친절하고 성숙한 사람으로 만들었다. 아이로 인해
다시 젊어지는 기분이었고 아이로 인해 내일이 두렵지 않았다. 마음껏
사랑을 쏟을 존재가 있음이 이토록 행복할 줄은 아이 낳기 전에는 잘
몰랐다. 엄마가 된 뒤에야 사랑받기보다 사랑하는 것이 진정 행복한 일
임을 깨닫는다. 이후 내 삶은 전보다 훨씬 더 평화롭고 흥미로워졌다.
　오늘도 내 곁에서 자는 아이의 사랑스런 얼굴을 바라본다. 아이를
어루만지면 내 손끝까지 달콤해지는 것만 같다. 그리고 속삭인다. 부족
한 엄마에게 와줘서, 사랑받기보다 사랑을 마음껏 주는 사람으로 만들
어줘 고맙다고.

맨 처음

"저는 어디에서 왔어요? 저를 어디에서 주웠어요?" 하고 아기는 엄마에게 물었습니다.

엄마는 눈물과 웃음으로 아기를 가슴에 꼭 껴안고 대답했습니다.

"아가야, 너는 내 가슴속에 소망처럼 숨어 있었단다.

너는 내 어린 시절 소꿉장난 인형 속에 있었어. 아침마다 진흙으로 신을 만들며 너를 만들었다 부수었다 했단다.

너는 우리 집안 수호신과 함께 사당에 모셔졌고, 신에게 예를 올릴 때마다 나는 너에게도 예를 올렸지.

내 모든 희망과 사랑 속에, 내 삶 속에, 내 어머니의 삶 속에 너는 살아 있었단다.

너는 우리 집안을 다스리는 성령의 무릎에서 오랜 세월 동안 길러졌어.

소녀 시절 내 가슴이 꽃잎을 열 때, 너는 내 주위를 꽃향기처럼 맴돌았지.

네 여린 보드라움은 새벽하늘에 어리는 노을처럼 내 젊은 육체 속에서 꽃을 피웠어.

하늘의 첫 아기, 아침 햇살의 쌍둥이로 태어난 너는 생명의 긴 줄기를 따라 흐르다 마침내 내 가슴에 닿았단다.

네 얼굴을 들여다보고 있으니, 신비로움에 숨이 멎을 것 같구나.

만물에 속하는 네가 나의 것이 되었다니.

　너를 잃을까 두려워 나는 너를 가슴에 꼭 껴안는다. 도대체 어떤
마술이 세상의 보물을 내 가냘픈 두 팔에 안겨 주었을까.”

● 라빈드라나드 타고르

나나코에게

빨간 사과처럼 볼을 붉히고
잠들어 있는 나나코

어머니를 닮아
나나코의 볼도 빨갛게 되었구나.
한때 윤기 넘치던 어머니의 볼은
이제 조금 해쓱해졌지.

아버지한테도 쓰라린 기억이 조금씩 늘었어.
말하기 무엇하지만
나나코
아버지는 너한테
많은 것을 기대하지 않을 거야.

우리가
남의 기대를 따르려다
자신을
얼마나 망치는지
아버지는 확실히

알았거든.

아버지가
너에게 주고픈 것은
건강과
자신을 사랑하는 마음이야.

우리가
우리를 잃어버리게 되는 것은
자신을 사랑하는 일을 그만둘 때지.
나를 사랑하는 일을 그만둘 때
우리는
남을 사랑하는 일도 그치게 되고
세상을 잃어버리고 마는 거야.
내가 있을 때
우리가 있고
세상이 있어.

아버지한테도

어머니한테도
쓰라린 고생이 많았다.
이 고생을
지금은
너한테 줄 수 없다.

너에게 주고픈 것은
향기로운 건강과
갖기 힘들고
기르기 어려운
자신을 사랑하는 마음이야.

● 요시노 히로시

운명적인 사랑

그 깊은 떨림,
그 벅찬 깨달음,
그토록 익숙하고,
그토록 가까운 느낌.
그대를 처음 본 순간
시작되었습니다.

지금껏 그날의 떨림은
생생합니다.
단지, 천 배나 더 깊고
천 배나 더 애틋해졌을 뿐.

그대를 영원히 사랑하겠습니다.
이 육신으로 태어나
그대를 만나기 훨씬 이전부터
나는 그대를 사랑하고 있었습니다.
그대를 처음 본 순간 그것을 알아버렸습니다.

운명.
우리 둘은 이렇게 하나이며,
그 무엇도 우리를 갈라놓을 수는 없습니다.

● 칼릴 지브란

내 몸속에 잠든 이 누구신가

그대가 밀어 올린 꽃줄기 끝에서
그대가 피는 것인데
왜 내가 이다지도 떨리는지

그대가 피어 그대 몸속으로
꽃벌 한 마리 날아든 것인데
왜 내가 이다지도 아득한지
왜 내 몸이 이리도 뜨거운지

그대가 꽃 피는 것이
처음부터 내 일이었다는 듯이.

● 김선우

비

엄마! 오늘은 잘래요. 엄마 무릎을 베고 일찍 잘래요. 저기 잔디 위에도 아무런 소리 없네요. 내 꼬마 친구들도 엄마 무릎에 엎드려 잠들었나 봐요.

저기 잔디 위에도 아무런 소리 없네요. 다만 먹물 같은 어둠뿐이네요. 들개나 들고양이가 무서워요. 오지 말게 해요. 그런데 주룩주룩 어쩌자고 비는 저리 내리는 걸까요?

엄마! 나 잘래요. 들개도 들고양이도 아랑곳없이 아직도 비만 까만 잔디를 톰방톰방 내리치고 있네요. 그 녀석은 집도 없나 봐? 그 녀석은 엄마 무릎도 없나 봐? 그 녀석은 잠도 없나 봐!

엄마! 왜 웃어요? 저 녀석 집이 정말 없나 봐? 어젠 비도 내리지 않는 날, 잔디는 온통 달빛으로 물들 때 그 녀석은 어디로 갔었나? 엄마도 없다는데― 아니 그저께 엄마가 저 하늘 먹구름이 바로 그 녀석 엄마라 했지?

엄마! 나 잘래요. 제발 문 좀 닫아요. 그 녀석이 들어와 내 침대를 적시면 어떡해? 엄마! 차라리 내 비옷을 비에게 빌려 주어요. 그 녀석 비의 옷자락을 적시지 않게요.

● 류푸

만일 내가 다시 아이를 키운다면

만일 내가 다시 아이를 키운다면
먼저 아이의 자존심을 세워 주고
집은 나중에 세우리라.

아이와 함께 손가락으로 그림을 더 많이 그리고
손가락으로 명령하는 일은 덜 하리라.

아이를 바로잡으려고 덜 노력하고
아이와 하나가 되려고 더 많이 노력하리라.
시계에서 눈을 떼고 눈으로 아이를 더 많이 바라보리라.

만일 내가 다시 아이를 키운다면
더 많이 아는 데 관심 갖지 않고
더 많이 관심 갖는 법을 배우리라.

자전거도 더 많이 타고 연도 더 많이 날리리라.
들판을 더 많이 뛰어다니고 별들도 더 오래 바라보리라.

더 많이 껴안고 더 적게 다투리라.

도토리 속의 떡갈나무를 더 자주 보리라.

덜 단호하고 더 많이 긍정하리라.
힘을 사랑하는 사람이 아니라
사랑의 힘을 가진 사람으로 보이게 하리라.

● 다이아나 루먼스

인생의 기회

우리가 살아가면서 하는 일들이
모두 하찮아 보일 수도 있어.
하지만 지금 네가 할 일은 매우 중요해.
그건 아무도 대신할 수 없거든.

누군가 네 삶에 들어왔을 때
의심 많은 넌 이렇게 얘기하겠지.
"넌 아직 준비가 안 됐어."

그러나 다른 한쪽에선 이렇게 말할 거야.
"그녀를 놓치지 마. 네 인생의 기회야."

● 윌 페터스

인중을 긁적거리며

내가 아직 태어나지 않았을 때,
천사가 엄마 배 속의 나를 방문하고는 말했다.
네가 거쳐온 모든 전생에 들었던
뱃사람의 울음과 이방인의 탄식일랑 잊으렴.
너의 인생은 아주 보잘것없는 존재부터 시작해야 해.
말을 끝낸 천사는 쉿, 하고 내 입술을 지그시 눌렀고
그때 내 입술 위에 인중이 생겼다.

태어난 이래 나는 줄곧 잊고 있었다.
뱃사람의 울음, 이방인의 탄식,
내가 나인 이유, 내가 그들에게 이끌리는 이유,
무엇보다 내가 그녀를 사랑하는 이유,
그 모든 것을 잊고서
어쩌다 보니 나는 나이고
그들은 나의 친구이고
그녀는 나의 여인일 뿐이라고
어쩌다 보니 그렇게 된 것뿐이라고 믿어왔다.

태어난 이래 나는 줄곧
어쩌다 보니, 로 시작해서 어쩌다 보니, 로 이어지는
보잘것없는 인생을 살았다. 그러나
어떻게 하면 깨달을 수 있을까?
태어날 때 나는 이미 망각에 한 번 굴복한 채 태어났다는
사실을, 영혼 위에 생긴 주름이
자신의 늙음이 아니라 타인의 슬픔 탓이라는
사실을, 가끔 인중이 간지러운 것은
천사가 차가운 손가락을 입술로부터 거두기 때문이라는
사실을, 모든 삶에는 원인과 결과가 있고
태어난 이상 그 강철 같은 법칙들과
죽을 때까지 싸워야 한다는 사실을.

나는 어쩌다 보니 살게 된 것이 아니다.
나는 어쩌다 보니 쓰게 된 것이 아니다.
나는 어쩌다 보니 사랑하게 된 것이 아니다.
이 사실을 나는 홀로 깨달을 수 없다.
언제나 누군가와 함께……

추락하는 나의 친구들:
옛 연인이 살던 집 담장을 뛰어넘다 다친 친구.
옛 동지와 함께 첨탑에 올랐다 떨어져 다친 친구.
그들의 붉은 피가 내 손에 닿으면 검은 물이 되고
그 검은 물은 내 손톱 끝을 적시고
그때 나는 불현듯 영감이 떠올랐다는 듯
인중을 긁적거리며
그들의 슬픔을 손가락의 삶-쓰기로 옮겨 온다.

내가 사랑하는 여인:
3일, 5일, 6일, 9일……
달력에 사랑의 날짜를 빼곡히 채우는 여인.
오전을 서둘러 끝내고 정오를 넘어 오후를 향해
내 그림자를 길게 끌어당기는 여인. 그녀를 사랑하기에
내가 누구인지 모르는 죽음,
기억 없는 죽음, 무의미한 죽음,
내가 가장 두려워하는 죽음일랑 잊고서
인중을 긁적거리며
제발 나와 함께 영원히 살아요,

전생에서 후생에 이르기까지
단 한 번뿐인 청혼을 한다.

● 심보선

산비둘기

산비둘기 두 마리가
사랑했습니다.

더 이상은
말할 수 없어요.

● 장 콕토

꽃다발

네가 준 꽃다발을
외로운 지구 위에 걸어놓았다

나는 날마다 너를 만나러
꽃다발이 걸린 지구 위를
걸어서 간다

◦ 정호승

?

매일
물음표를 떨어뜨리며
걷고 있다.

뒤돌아보면
물음표는 염주를 엮듯이
내 뒤로 늘어나고 있다.

한 걸음 나아가면
보폭만큼
길이를 더해 가며.

역 앞의 정육점에도 이웃 마을의 CD가게에도
마지못해 갔던 치과 의사에게도
이어져 있어서

사람과 이야기가
맞물리지 않았던 장소에서는
작은 몸을 서리고 있다.

내가 오간 자취는
풀린 털실처럼
서로 뒤얽혀서

물음표를 더듬어 가면
거기에는 언제나
내가 있다.

● 다이 요코

그때는 그때의 아름다움을 모른다

이십대에는
서른이 두려웠다
서른이 되면 죽는 줄 알았다
이윽고 서른이 되었고 싱겁게 난 살아 있었다.
마흔이 되니
그때가 그리 아름다운 나이였다.

삼십대에는
마흔이 무서웠다
마흔이 되면 세상 끝나는 줄 알았다
이윽고 마흔이 되었고 난 슬프게 멀쩡했다.
쉰이 되니
그때가 그리 아름다운 나이였다.

예순이 되면 쉰이 그러리라
일흔이 되면 예순이 그러리라.

죽음 앞에서
모든 그때는 절정이다

모든 나이는 아름답다
다만 그때는 그때의 아름다움을 모를 뿐이다.

● 박우현

아침

남편은 아침마다
면도칼로 수염을 깎는다.
그때 아내는
부엌칼로 채소를 썬다.
서로 칼날을 마주하면서
칼날을 느끼지 못하는
행복한 아침!

● 다카다 도시코

구룡사 은행나무

올망졸망한 흥부네 새끼들처럼
무수한 잔가지들을 하늘 가득 거느리고 있었다

그 잔가지들을 다 품을 수 없어 나는
한아름도 넘는 나무 밑동을 힘껏 끌어안았다

그렇게, 사랑은, 그렇게 하는 거라고
어린 은행잎에 듣는 빗방울이 속삭여주었다.

● 고진하

사람꽃

복숭아 꽃빛이 너무 아름답기로서니
사람꽃 아이만큼은 아름답지 않다네
모란꽃이 그토록 아름답다고는 해도
사람꽃 처녀만큼은 아름답지가 못하네
모두 할아버지가 되어서 바라보게,
저 사람꽃만큼 아름다운 것이 있는가
뭇 나비가 아무리 아름답다고 하여도
잉어가 아름답다고 암만 쳐다보아도
아무런들 사람만큼은 되지 않는다네
사람만큼은 갖고 싶어지진 않는다네

● 고형렬

내가 만일 애타는 한 가슴을

내가 만일 애타는 한 가슴을
달랠 수 있다면
내 삶은 헛되지 않으리.
내가 만일 한 생명의 고통을 덜어 주거나
한 괴로움을 달래 주거나
또는 힘겨워하는 한 마리의 울새를 도와
보금자리로 돌아가게 한다면
내 삶은 정녕 헛되지 않으리.

● 에밀리 디킨슨

식사법

콩나물처럼 끝까지 익힌 마음일 것
쌀알빛 고요 한 톨도 흘리지 말 것
인내 속 아무 설탕의 경지 없어도 묵묵히 다 먹을 것
고통, 식빵처럼 가장자리 떼어버리지 말 것
성실의 딱 한 가지 반찬만일 것

새삼 괜한 짓을 하는 건 아닌지
제 명에나 못 죽는 건 아닌지
두려움과 후회의 돌들이 우두둑 깨물리곤 해도
그깟것 마저 다 낭비해버리고픈 멸치똥 같은 날들이어도
야채처럼 유순한 눈빛을 보다 많이 섭취할 것
생의 규칙적인 좌절에도 생선처럼 미끈하게 빠져나와
한 벌의 수저처럼 몸과 마음을 가지런히 할 것

한 모금 식후 물처럼 또 한 번의 삶,을
잘 넘길 것

● 김경미

사랑하는 사람이 미워지는 밤에는

사랑하는 사람이 미워지는 밤에는 몹시도 괴로웠다
어깨 위에 별들이 뜨고
그 별이 다 질 때까지 마음이 아팠다

사랑하는 사람이 멀게만 느껴지는 날에는
내가 그에게 처음 했던 말들을 생각했다

내가 그와 끝까지 함께하리라 마음먹던 밤
돌아오면서 발걸음마다 심었던 맹세들을 떠올렸다
그날의 내 기도를 들어준 별들과 저녁하늘을 생각했다

사랑하는 사람이 미워지는 밤에는
사랑도 다 모르면서 미움을 더 아는 듯이 쏟아버린
내 마음이 어리석어 괴로웠다.

• 도종환

나를 키우는 말

행복하다고 말하는 동안은
나도 정말 행복해서
마음에 맑은 샘이 흐르고

고맙다고 말하는 동안은
고마운 마음 새로이 솟아올라
내 마음도 더욱 순해지고

아름답다고 말하는 동안은
나도 잠시 아름다운 사람이 되어
마음 한 자락이 환해지고

좋은 말이 나를 키우는 걸
나는 말하면서
다시 알지

● 이해인

당신의 아이들은

당신의 아이들은 당신의 소유가 아닙니다.

그들은 당신을 통해 태어났지만 당신으로부터 온 것이 아닙니다.

당신과 함께 있지만 당신에게 속해 있지 않습니다.

당신은 아이들에게 사랑을 줄 수는 있지만

생각을 줄 수는 없습니다.

그들은 자기의 생각을 가지고 있기 때문입니다.

당신은 아이들에게 육체를 줄 수는 있어도

영혼을 줄 수는 없습니다.

그들의 영혼은 내일의 집에 살고 당신은 그 집을

결코, 꿈에서라도 찾아가면 안 되기 때문입니다.

당신이 아이들처럼 되려고 노력하는 건 좋지만

아이들을 당신처럼 만들려고 하지는 마십시오.

삶은 뒷걸음쳐 가지 않으며 어제에 머물러 있는 것도 아니기 때
문입니다.

● 칼릴 지브란

줄포
농사꾼 대서쟁이 김장순 씨에게

뻘 밭에 갈매기만 끼룩대는 폐항
길다란 장터 끝머리에 있는 이층 대서방은
종일 불기가 없어도 훈훈하다
사람들은 돈 대신
막걸리 한 주전자씩을 들고 와
진정서와 고발장을 써 받고
대서사는 묵은 잡지 뒤숭숭한 시렁에서
마른 북어를 안주로 꺼내놓고 한마디한다
사람은 착한 게 제일이랑께
그저 착하게 사는 게 제일이랑께
그래서 줄포 폐항의 기다란 장터
술집에서 사람들은 나그네더러도 말한다
사람은 착한 게 제일이랑께
그저 착하게 사는 게 제일이랑께

● 신경림

부부론

오늘은 아내가 없이 밥을 먹네
된장을 끓이고 오래된 반찬을 내놓고
아이들과 둘러앉아 삼겹살을 굽네
집나간 아내를 욕하면서 걱정하면서

결혼은 삼겹살을 굽는 것이네
타지 않게 골고루 잘 익혀야 하는 것이네
너무 높지도 낮지도 않게 불꽃을 조절하고
알맞게 익도록 방심하지 않는 것이네

결혼은 된장국을 끓이는 것이네
알맞은 양을 물에 풀고
양념을 넣고 자꾸자꾸 간을 보는 것이네
된장과 양념의 조화를 맞추는 것이네
그걸 몰라서 아내가 없이 밥을 먹네
된장을 끓이고 오래된 반찬을 내놓고
아이들과 둘러앉아 삼겹살을 굽네
집나간 아내를 욕하면서 걱정하면서.

● 공광규

딸꾹거리다 1

아버지는 감자찌개의 돼지고기를 내 밥 위에 얹어 주셨다.
제발, 아버지.
나는 그것을 씹지도 못하고 꿀꺽 삼켰다. 그러면 아버지는
얼른 또 하나를 얹어 주셨다. 아버지, 제발.
비계가 달린 커다란 돼지고기가 내 얼굴을 하얗게 했다.
나는 싫다는 말도 하지 못하고
아버지는 물어보지도 않고 내 밥 위에
돼지고기를 얹어 주시고.

아버지가 좋아하시던
함경도식 감자찌개 속의 돼지고기.

● 황인숙

사랑만이 희망이다

힘겨운 세상일수록
사랑만이 희망일 때가 있어요.

하늘에 먹구름이 드리울수록
새들은 더욱 세찬 날갯짓을 하지요.
날이 어두워질수록
꽃은 세상을 향해 마지막 힘을 모아 고개를 들지요.

마지막 힘을 모아 하늘을 보는 꽃처럼
먹구름이 내려앉을수록 더 높이 나는 새들처럼
사람을 사랑함에 최선을 다해야 해요.

사랑만이 우리에게
진정한 희망일 때가 있어요.

• V. 드보라

나는 저 아이들이 좋다

나는 영혼에 육신을 입히는
이 세상 모든 것들을 너무 사랑했다.
-세르게이 예세닌, 「우리는 지금」

　나는 저 아이들이 좋다. 조금만 실수해도 얼굴에 나타나는 아이, '아 미치겠네' 중얼거리는 아이, 새로 산 신발 잃고 종일 울면서 찾아다니는 아이, 별 것 아닌 일에도 '애들이 나 보면 가만 안 두겠지?' 걱정하는 아이, 좀처럼 웃지 않는 아이, 좀처럼 안 웃어도 피곤한 기색이면 내 옆에 와 앉아도 주는 아이, 좀처럼 기 안 죽고 주눅 안 드는 아이, 제 마음에 안 들면 아무나 박아버려도 제 할 일 칼같이 하는 아이, 조금은 썰렁하고 조금은 삐딱하고 조금은 힘든, 힘든 그런 아이들. 아, 저 아이들 가운데 하나라도 내 품에 안겨들면 나는 휘청이며 너울거리는 거대한 나무가 된다.

　● 이성복

열한 시

_엘레나에게

너는 해 지고
저녁 어두움 드리울 때 왔다.
하지만 두려워하지 않고
나와 함께할 각오가 되어 있었지.

너는 알지 못했다.
네가 방황하는 길이 어디로 향하는지—
네가 알고 있던 것은 단지
내 친구가 되고 싶다는 것뿐.

너는 성에 낀 창 곁에서
네 장소를 발견했다.
나는 일찍이 거기 혼자 앉아 있었다—
이제 우리 둘이서 거기 앉았다.

그리고 하늘에 별들이 켜지면
너는 볼 거야.
빛나는 별 모두를
우리 집 위에서.

그리고 지금 우리는 듣는다.
열한 시를 알리는 시계 소리를.
그리고 나는 알지. 네가 마지막까지
나와 함께 가리라는 것을.

● 요한네스 요르겐센

떨어져도 튀는 공처럼

그래 살아봐야지
너도 나도 공이 되어
떨어져도 튀는 공이 되어

살아봐야지
쓰러지는 법이 없는 둥근
공처럼, 탄력의 나라의
왕자처럼

가볍게 떠올라야지
곧 움직일 준비 되어 있는 꼴
둥근 공이 되어

옳지 최선의 꼴
지금의 네 모습처럼
떨어져도 튀어오르는 공
쓰러지는 법이 없는 공이 되어.

● 정현종

겨울에 쓴 짧은 편지

귀여운 내 아이들아
느이들하고 놀아주도 못하고
애비가 어디 가서 오래 못 와도
슬퍼하거나 마음이 약해져선 안된다
외로울 때는 엄마랑 들에도 나가보고
봄이 오는 소리를 들어봐야지
바람이 차거들랑 옷깃 잘 여며
감기 들지 않도록 조심도 하고……

● 정희성

아름다운 짐승

젊었을 때는 몰랐지
어렸을 때는 더욱 몰랐지
아내가 내 아이를 가졌을 때도
그게 얼마나 훌륭한 일인지 아름다운 일인지
모른 채 지났지
사는 일이 그냥 바쁘고 힘겨워서
뒤를 돌아볼 겨를이 없고 옆을 두리번거릴 짬이 없었지
이제 나이 들어 모자 하나 빌려 쓰고 어정어정
길거리 떠돌 때
모처럼 만나는 애기 밴 여자
커다란 항아리 하나 엎어서 안고 있는 젊은 여자
살아 있는 한 사람이 살아 있는 또 한 사람을
그 뱃속에 품고 있다니!
고마운지고 거룩한지고
꽃봉오리 물고 있는 어느 꽃나무가 이보다도 더 눈물겨우랴
캥거루는 다 큰 새끼도 제 몸속의 주머니에 넣어 가지고 다니며
오래도록 젖을 물려 키운다 그랬지
그렇다면 캥거루는 사람보다 더
아름다운 짐승 아니겠나!

캥거루란 호주의 원주민 말로 난 몰라요, 란 뜻이랬지
캥거루, 캥거루, 난 몰라요
아직도 난 캥거루다

● 나태주

사랑

여름이 뜨거워서 매미가
우는 것이 아니라 매미가 울어서
여름이 뜨거운 것이다

매미는 아는 것이다
사랑이란, 이렇게
한사코 너의 옆에 붙어서
뜨겁게 우는 것임을

울지 않으면 보이지 않기 때문에
매미는 우는 것이다

● 안도현

·

황홀하고도 두려운 이름,
엄마

아이를 낳고 가장 보고 싶은 사람은 그 누구도 아닌 엄마였다. 내게 세상에서 가장 아름다운 종소리로 울려오는 엄마. 엄마는 혼자 나를 낳으셨다. 당시 기자였던 아버지는 민주화 투쟁을 하다 체포되셨고, 엄마는 이북에서 내려온 이산가족이셨기 때문에 도와줄 누구도 없었다. 말이 혼자지, 얼마나 무섭고 외로웠을까. 손잡아 주는 사람도 없이 이렇게 아파하며 나를 낳았겠구나 생각하니 우리 엄마가 가여우면서도 정말 존경스럽다는 생각이 들어 가슴이 저미었다.

아이를 낳고 혼자 고군분투하며 우윳값을 벌어야 했던 내가 기댈 곳은 엄마 품뿐이었다. 아이를 낳은 지 5개월이 넘도록 이유식을 어떻게 만들지 모를 정도로 나는 패닉에 빠져 있었다. 우는 아이를 간신히 달래 고향에 가면 엄마는 병환 중에도 가게 일을 하시면서 이유식까지 챙겨 주셨다. 요리책을 뒤적이며 쌀, 현미, 각종 야채를 넣어 만든 이유식은 잘 먹지 않던 아이가 신기하게도 엄마가 사골 국물에 말아 준 밥은 참으로 잘 받아먹었다. 내가 이유식 요리책을 사서 법석여도 엄마가 우리를 키우며 직접 얻은 지혜에는 못 당하는구나 싶어 감탄한 적도 여러 번이다.

생각해 보면 엄마는 항상 자신보다 자식이 먼저였다. 혼자 사는 딸의 끼니를 자신의 건강보다 더 걱정하는 엄마, 어떤 물건을 사도 가장 좋은 건 자식 몫으로 챙겨 놓는 엄마, 젊음과 건강은 뒤로 한 채 자식과

아버지 뒷바라지에 자신을 걸었던 엄마. 먼먼 하늘나라로 가신 지 7년째. 엄마에게 대들고 다퉜던 시간들까지 아쉽고 그립다.

요즘 사춘기에 접어든 딸과 다투거나 서로 날카로운 말을 던질 때 엄마 생각이 더 많이 난다. 독립한 후에 자주 집에 들르지 않는 딸이 얼마나 서운하셨을까. 정치인 아버지 뒷바라지에 생계까지 도맡으며 해낸 그 많은 일들은 엄마가 아니라면 그 누구도 하지 못했을 것이다. 사남매의 밥과 빨래는 물론이고 학교에 행사가 있을 때마다 찍어 주신 사진까지……. 당연히 여기며 받은 것들이 결코 당연한 게 아니었음을 아이 키우며 아프게 깨닫는다.

"내 일이니 내가 알아서 할 거야. 엄마는 신경쓰지 마."

딸에게 이 말을 처음 들었을 때 참으로 놀랍고 서운했다. 앞으로 딸은 나보다 친구를 더 찾고, 어른이 되면 나를 떠날 것이다. 곧 익숙해지겠지만 텅 빈 창고처럼 한 세월 외로울 것 같다. 우리 엄마도 그렇게 외로우셨겠지, 하는 생각에 가슴이 아프다.

그래도 한 가지 내가 잘한 건 엄마 살아 계실 때 많이 껴안아 드린 일이다. 내 딸을 안으며 포옹이 얼마나 포근하고 효과적인 신경안정제인지 알았다. 포옹을 할 때 전해지는 아이의 따스하고 부드러운 기운으로 내가 힘든 하루를 버텼던 것처럼 뒤늦게나마 엄마에게 힘을 드리고 싶었다. 오랜 세월 사랑하기보다 속 썩인 일이 많았던 철없는 딸이 이제야 엄마의 마음을 알겠다고, 미안하고, 정말 감사하다고 포옹으로 말하고 싶었다. 나보다 작은 체구가 되어 버린 엄마를 포옥 가슴에 품었을 때 그런 내 마음을 엄마는 느끼셨을까.

　가끔 딸과 함께 장을 보러 갈 때면 어릴 때 엄마와 같이 장을 보러 다니던 일이 생각난다. 어렸을 때 고향에는 큰 시장이 없어 장을 보려면 기차를 타고 나가야 했다. 엄마를 따라 기차를 타고 구경거리가 가득한 시장에 간다는 게 얼마나 신이 나던지. 시장에서 싱싱한 생선, 푸르른 야채를 골라 담던 엄마가 세상에서 제일 똑똑하고 멋있어 보였다. 그중에서도 가장 기억에 남는 건 엄마와 함께 자장면을 먹는 순간이었다. 엄마와 마주 앉아 후루룩 먹던 자장면, 신나게 자장면을 먹는 나를 바라보던 엄마의 따뜻한 눈빛이 지금도 선명하게 떠오른다.
　굳이 말하지 않아도 눈빛만으로도 전해지는 엄마의 사랑을 이제는 내가 딸에게 주려고 한다. 사랑은 이렇게 더 크고 빛나는 사랑을 가진 사람으로부터 전해지는 것이리라.
　엄마는 내가 좋은 딸이 되기보다 사랑을 누리고 행복한 사람이 되길 바랐다. 지금 내가 딸에게 바라는 것도 그것뿐이다. 엄마를 그리워하는 마음을 담아 딸에게 따뜻한 밥을 먹인다. 하늘에서 엄마가 백합꽃처럼 희게 웃으며 우리를 내려다보겠지.

아이를 안으며

'아빠' 하며 달려오는
아이를 안는다

아이를 안으며
나는 세상을 안는다는 생각은 하지 않았다
오직 너만을 안는 것이다.
너를 꼭 안으며
세상 따위는 잊는 것이다.

● 우영창

내 안의 정원

꽃을 보러 정원으로 가지 마라.

그대 몸 안에 수많은 꽃이 만발한 정원이 있다.

거기 연꽃 한 송이가 수천 개의 꽃잎을 품고 있다.

그 수천 개의 꽃잎 위에 앉으라.

그 수천 개의 꽃잎 위에서

정원 안팎으로 가득 만발한 아름다움을 바라보라.

● 카비르

내가 천사를 낳았다

내가 천사를 낳았다
배고프다고 울고
잠이 온다고 울고
안아달라고 우는
천사, 배부르면 행복하고
안아주면 그게 행복의 다인
천사, 두 눈을 말똥말똥
아무 생각 하지 않는
천사
누워 있는 이불이 새것이건 아니건
이불을 펼쳐놓은 방이 넓건 좁건
방을 담을 집이 크건 작건
아무것도 탓할 줄 모르는
천사

내 속에서 천사가 나왔다
내게 남은 것은 시커멓게 가라앉은 악의 찌끄러기뿐이다

● 이선영

오 분간

이 꽃그늘 아래서
내 일생이 다 지나갈 것 같다.
기다리면서 서성거리면서
아니, 이미 다 지나갔을지도 모른다.
아이를 기다리는 오 분간
아카시아꽃 하얗게 흩날리는
이 그늘 아래서
어느새 나는 머리 희끗한 노파가 되고,
버스가 저 모퉁이를 돌아서
내 앞에 멈추면
여섯살배기가 뛰어내려 안기는 게 아니라
훤칠한 청년 하나 내게로 걸어올 것만 같다.
내가 늙은 만큼 그는 자라서
서로의 삶을 맞바꾼 듯 마주 보겠지.
기다림 하나로도 깜박 지나가버릴 생,
내가 늘 기다렸던 이 자리에
그가 오래도록 돌아오지 않을 때쯤
너무 멀리 나가버린 그의 썰물을 향해
떨어지는 꽃잎,

또는 지나치는 버스를 향해
무어라 중얼거리면서 내 기다림을 완성하겠지.
중얼거리는 동안 꽃잎은 한 무더기 또 진다.
아, 저기 버스가 온다.
나는 훌쩍 날아올라 꽃그늘을 벗어난다.

● 나희덕

결혼 생활

남편, 지난번 난 꿈꾸었어.
사람들이 당신의 손과 발을 잘라 내는 것을.
남편, 당신은 내게 속삭였지
이제 우리 둘 다 얼마나 불완전한가를.

남편, 나는 그 네 개의 손과 발을
마치 자식들처럼 가슴에 안았어.
남편,
나는 천천히 몸을 굽혀
그것들을 마술 물에 헹궈 냈지.

남편,
그리고 그것들을 각각
도로 당신의 몸에 갖다 붙였어.
'기적'
당신이 말하고 우린 웃었지.
모든 것이 잘돼 간다는 그런 웃음 말이야.

● 앤 섹스턴

입맞춤에 다다르기까지는

사랑하는 이여, 입맞춤에 다다르기까지 얼마나 먼 길인가
그대와 함께 되기까지 외로워 얼마나 헤매였나
외로운 기차는 비와 함께 계속 달리고 있었다.
봄은 아직 찾아오지 않았다.

그러나 내 사랑이여, 그대와 나는 함께 되었다.
머리끝에서 발끝까지 이어져,
가을로, 물로, 허리로 이어져,
오직 그대와 나 둘이 될 때까지.

강에, 보로아 강의 어귀에 다다르기까지
수많은 돌을 나르지 않으면 안 된다,
기차랑 민족에 의해 갈라지지 않으면 안 된다.
어찌할 바를 모르는 모든 사람들과 함께, 남자들이랑 여자들과
함께,

그대와 나는 오직 서로 사랑하지 않으면 안 된다.

어찌할 바를 모르는 모든 사람들과 함께, 남자들 여자들과 함께,

카네이션 뿌리내리고 자라는 땅과 함께.

● 파블로 네루다

비눗방울의 노래

흰 거품이 높이 솟아오르는 동안
빨래 통의 여왕인 나는 즐겁게 노래하지요.
옷을 힘차게 빨아, 헹구고 비틀어 짜서
물을 털어 내고는
햇볕 좋은 하늘 아래 널면
자유롭고 신선한 공기에 빨래들이 그네를 타죠.

우리 가슴과 영혼에 낀 한 주 동안의 얼룩도
씻어 낼 수 있으면 좋겠어요.
그래서 물과 공기가 마술을 부려
우리도 그들처럼 깨끗해질 수만 있다면
이 세상엔 정말로
영광스런 빨래의 날이 생길 거예요!

유익한 삶의 길을 따라
항상 평안이 만발하고
바쁜 마음은 슬픔, 근심 또는 우울 따위를
생각할 시간이 없어
걱정스런 생각들은 바쁜 비질에

쓸려 사라질 겁니다.

매일매일 일이 있다는 게
나는 기뻐요.
일은 내게 건강과 힘과 희망을 주니까요.
그래서 나는 유쾌하게 이렇게 말하는 걸 배웠죠―
"머리야, 너는 생각할 수 있고, 가슴아, 너는 느낄 수 있지.
하지만 손아, 너는 항상 일할거지!"

● 루이자 메이 알코트

그 집

그 집은 아마 우리를 기억하지 못하겠지
신혼 시절 제일 처음 얻었던 언덕빼기 집
빛을 찾아 우리는 기어오르곤 했어

손에는 무거운 가방을 들고
나는 두드렸어
그러면 문은 대답하곤 했지
삐꺽 삐꺽 삐꺽
세상에서 가장 빛나는 빛이 거기서 솟아나고 있었어,
씽크 대 위엔 미처 씻어주지 못한 그릇들이 쌓여 있었지만
마치 씻어주지 못한 우리의 젊은 날처럼 쌓여 있었지만

그 창문도 아마 우리를 기억하지 못할 거야
싸구려 커튼이 밤낮 출렁거리던 그 집
자기들이 얼마나 멀리 아랫동네를 바라보았는지를
그 자물쇠도 우리를 기억하지 못할 거야
자기들이 얼마나 단단히 사랑을 잠글 수 있었는가를
그 못자국도 우리를 기억하지 못할 거야
자기들이 얼마나 무거운 삶의 옷가지들을 거기 걸었는지를

어느 날 못의 팔은 부러지고 말았었지

새벽은 천천히 오곤 했어
그러나 가장 따뜻한 등불을 들고
그대를 기다리곤 하던 그 나무계단을 잊을 순 없어
가장 깊이 숨어 빛을 뿜던 그 어둠을 잊을 순 없어
어두울수록 등불의 살은 은빛으로 빛나더니

아, 그 벽도 우리를 기억하지 못하겠지
저녁이면 기대 앉아 커피를 들던
그 따스한 벽
순간도 영원인 환상의 거미 날아오르던 곳
자기가 얼마나 튼튼했는지를
사랑의 잠 같았는지를

● 강은교

오누이

57번 버스 타고 집에 오는 길
여섯살쯤 됐을까 계집아이 앞세우고
두어살 더 먹었을 머스마 하나이 차에 타는데
꼬무락꼬무락 주머니 뒤져 버스표 두 장 내고
동생 손 끌어다 의자 등을 쥐어 주고
저는 건드렁 손잡이에 겨우겨우 매달린다
빈 자리 하나 나니 동생 데려다 앉히고
작은 것은 안으로 바짝 당겨앉으며
'오빠 여기 앉아' 비운 자리 주먹으로 탕탕 때린다
'됐어' 오래비자리는 짐짓 퉁생이를 놓고
차가 급히 설 때마다 걱정스레 동생을 바라보는데
계집애는 앞 등받이 두 손으로 꼭 잡고
'나 잘하지' 하는 얼굴로 오래비 올려다본다

안 보는 척 보고 있자니
하, 그 모양 이뻐
어린 자식 버리고 간 채아무개 추도식에 가
술한테만 화풀이하고 돌아오는 길
내내 멀쩡하던 눈에

그것들 보니
눈물 핑 돈다

● 김사인

개구쟁이

개구쟁이래도 좋구요,
말썽꾸러기래도 좋은데요,
엄마,
제발 '하지 마. 하지 마.' 하지 마세요.
그럼 웬일인지
자꾸만 더 하고 싶거든요.

꿀밤을 주셔도 좋구요,
엉덩일 두들겨도 좋은데요,
엄마,
제발 '못 살아. 못 살아.' 하지 마세요.
엄마가 못 살면
난 정말 못살겠거든요.

● 문삼석

라일락 향

이 세상의 향기란 향기 중 라일락 향기가 그중 진하기로는
자정 지난 밤 깊은 골목 끝에서
애인을 오래오래 끌어안아본 사람만이 느낄 수 있는 것

● 이시영

아들을 꾸짖음

백발이 성성하고
살결도 전같지 않구나.
비록 아들놈이 다섯이나 있지만
모두 글공부를 싫어한다네.
큰놈 서는 벌써 열여섯이지만
둘도 없는 게으름뱅이고
둘째 선이란 놈은 곧 열다섯이 되지만
학문을 도무지 좋아하지 않는다.
옹과 단은 둘 다 열세 살인데
여섯과 일곱을 분간하지 못하고
막내 통은 아홉 살이 가까운데
아직도 배와 밤만 찾는다.
이것도 하늘이 내린 운명이려니
차라리 술이나 마셔야지.

• 도연명

겨자씨보다 조금만 크게 살면 돼

여보 우린 그저 조그맣게 살자
더 넓은 평수로 갈아타려고 아등바등
살지 말고 자가용 같은 거 끌지 말고
나는 게송 같은 시 절대 쓰지 말고
그렇게 살자
당신은 천장에 은하수가 반짝이는
좌판에서 달나라의 장난감을 팔고
재경이는 유치원에서 친구와 사이좋게
지내고 나는 밥상을 펴고 앉아
별것도 아닌 일로 시를 쓰며
조그맣게 살자
저녁이 오면 함께 소파에 앉아
케로로 소대를 보며 낄낄거리고
우리 집의 제일 작은 재경이 방에
함께 누워 잠들자
너무 커다란 걸 가지려고 저 멀리
아득히 있는 것에 닿으려고 헐떡이며
뛰어다니다 쓰러지지 말고 다섯 살
아해처럼 고운 숨소리 내며 잠들 수 있도록

조그맣게 조그맣게 살자
겨자씨처럼 조그맣게
살자던 그로부터 족히 40년이 흘러 강산이
네 번은 변했으니
겨자씨보다 조금만 조금만 더 크게 살자

● 성미정

네 부드러운 손으로

네 부드러운 손으로
내 눈을 가리면
태양이 빛나는 나라에 있는 듯
내 주위는 환하게 밝아진다.

나를 어스름 속으로 빠뜨려도
모든 것은 밝아질 뿐이다!
너는 내게 빛, 오직 빛밖에
더 줄 수 있는 것이 없다네.

● 페르 라게르크비스트

행복

존은
크고 근사한
방수
장화를
신었어요.
존은
크고 근사한
방수
비옷을
입었어요.
(존이 말했어요)
그거면
됐어요.

● A. A. 밀른

미안하면 웃기라도 해야지

신세지며 산다
오늘도 바람에게 신세를 진다
내게 다가온 햇살
풀벌레의 간지러운 안부
가만히 있어도 서툰 내 인생은
갚아야 할 빚만 쌓인다

어제는 없는데 사라진 것 같지 않고
지금은 있는데 아무것도 잡히지 않고
생사를 오가면서도 사라짐은 늘 낯설다
모든 것은 흐르는 대로 두라는
떠도는 강물 이야기에 가슴을 적실 때
내 아이의 웃음소리가 들려왔다

웃음소리는 나무 속살처럼 고와서
내 고개를 들게 했다

미안하면 웃기라도 해야지
천천히 웃으면서

조금이라도
내 빚을 갚는 거야

● 김영란

한마음

한마음 지극한 자리도 없이
사랑을 안다 하느냐

한마음 사무친 자리도 없이
죽음을 안다 하느냐

실로 절실한 마음 하나 없이
삶을 안다고 하느냐

여태 그것이 양심이나 사상의
차이인 줄 알았다
나는 그것이 아는 것과
모르는 것의 차이인 줄 알았다
진실과 위선의 차이인 줄 알았다

믿지 말아라
사무친 마음 하나에 실려서
올 때까지

● 백무산

단풍나무 빤스

아내의 빤스에 구멍이 난 걸 알게 된 건
단풍나무 때문이다
단풍나무가 아내의 꽃무늬 빤스를 입고
볼을 붉혔기 때문이다

열어놓은 베란다 창문을 넘어
아파트 화단 아래 떨어진
아내의 속옷,
나뭇가지에 척 걸쳐져 속옷 한 벌 사준 적 없는
속없는 지아비를 빤히 올려다보는 빤스

누가 볼까 얼른 한달음에 뛰어내려가
단풍나무를 기어올랐다 나는
첫날밤처럼 구멍 난 단풍나무 빤스를 벗기며 내내
볼이 화끈거렸다

그 이후부터다, 단풍나무만 보면
단풍보다 내 볼이 더 바알개지는 것은

● 손택수

그대는 한 송이 꽃과 같이

그대는 한 송이 꽃과 같이
그리도 예쁘고
귀엽고 깨끗합니다.
그대를 보고 있으면
서러움은
나의 가슴속까지 스며든답니다.

하느님이 그대를
언제나 이대로
맑고 귀엽도록
지켜 주시길
그대의 머리 위에 두 손을 얹고
나는 빌고만
싶어진답니다.

● 하인리히 하이네

때로는 알 수 없어요

그대와 함께
수많은 시간을 보냈지만
때로는
알 수 없어요.
나에게 준
당신의 변함없는 사랑을.

우울함을 못 이겨 화를 낼 때도
무심코 내뱉는 가슴 아픈 말도
당신은
사랑으로 참았지요.
내 마음이 가라앉기를 기다리며.

나에게 준
당신의 사랑의 깊이를
저는 헤아리지 못해요.
나는 언제나
당신의 사랑을 느낄 수 있어요.

그리고 행복해요.

내 곁에 당신이 있다는 것이.

● 존 R. 스웨니

천 명 중의 한 사람

천 명 중의 한 사람은
형제보다 더 가까이 네 곁에 머물 것이다.
생의 절반을 바쳐서라도 그런 사람을 찾을 필요가 있다.
그 사람이 너를 발견하길 기다리지 말고.
구백아흔아홉 명은 세상 사람들이 보는 대로
너를 바라볼 것이다.
하지만 그 천 번째 사람은 언제까지나 너의 친구로 남으리라.
세상 모두가 너에게 등 돌릴지라도.

그 만남은 목적을 위한, 겉으로 보이기 위한 것이 아닌
너를 위한 진정한 만남이 되리라.
천 명 중의 구백아흔아홉 사람은 떠나갈 것이다.
너의 표정과 행동에 따라, 또는 네가 무엇을 이루는가에 따라.
그러나 네가 그 사람을 발견하고 그가 너를 발견한다면
나머지 사람들은 문제가 아니리라.
그 천 번째 사람이 언제나 너와 함께 물 위를 헤엄치고
물속으로도 기꺼이 가라앉을 것이기에.

때로 그가 너의 지갑을 사용할 수도 있지만

넌 더 많이 그의 지갑을 사용할 수 있으리라.

많은 이유를 대지 않고서

날마다 산책 길에서 웃으며 만나리라.

마치 서로 빌려 준 돈 따위는 없다는 듯이.

구백아흔아홉 명은 거래할 때마다 담보를 요구하리라.

그러나 천 번째 사람은

그들 모두를 합친 것보다 더 가치가 있다.

너의 진실한 감정을 그에게는 보여 줄 수 있으므로.

그의 잘못이 너의 잘못이고,

그의 올바름이 곧 너의 올바름이 되리라.

태양이 비칠 때나 눈비가 내릴 때나

구백아흔아홉 명은 모욕과 비웃음을 견디지 못할 것이다.

하지만 그 천 번째 사람은 언제나 네 곁에 있으리라.

함께 죽음을 맞이하더라도.

그리고 그 이후에도.

● 러디어드 키플링

인간성에 대한 반성문 2

도모코는 아홉 살
나는 여덟 살
이 학년인 도모코가
일 학년인 나한테
숙제를 해 달라고 자주 찾아왔다.

어느 날, 윗집 할머니가 웃으시면서
도모코는 나중에 정생이한테
시집가면 되겠네
했다.

앞집 옆집 이웃 아주머니들이 모두 쳐다보는 데서
도모코가 말했다.
정생이는 얼굴이 못생겨 싫어요!

오십 년이 지난 지금도
도모코 생각만 나면
이가 갈린다.

● 권정생

축제의 날

비도 오는데
아이야, 꽃을 들고 어디로 가니.
비가 와서 온 세상을 온통 적셨어요.
오늘은 개구리의 축제 날이랍니다.
그리고 개구리는 내 친구거든요.

오 저런,
아무도 짐승들의
더구나 개구리 같은 것의 축제는 바라지도 않는걸.
우리가 바로잡아 놓지 않으면
이 아이는 틀림없이 건달이 되고 말거야.
그리고 우리에게 갖가지 궂은 일을 겪게 하겠지.
마치 하늘의 무지개가 갖가지 빛깔을 뽐내 보이듯.
하지만 아무도 아이에게 말해 주지 않아.
우리는 이 아이가 우리의 뜻대로 따르기를 바라지만
이 아이는 제 고집대로만 할 뿐이야.

오 아빠
오 엄마

오 세바스챤 아저씨,

두근거리는 내 심장 소리를 듣는 건
내 고집 때문이 아니예요.
오늘이 바로 축제 날이라고요.

어쩜 그리 몰라주실까요.
오! 내 어깨를 쓰다듬지 마세요.
내 팔을 놓아 주세요.
개구리는 자주 날 즐겁게 해주는걸요.
저녁마다 개구리는 날 위해서 노래 불러요.
자 보세요, 그들이 문을 닫고
살며시 내게 다가오고 있어요.
나는 그들에게 외쳤죠. 오늘은 축제의 날이라고요.
그러자 그들이 고개를 들어 나를 가리키고 있어요.

● 자크 프레베르

그 겨울의 일요일들

아버지는 일요일에도 일찍 일어나
검푸른 추위 속에 옷을 입고
날마다 모진 날씨에 일하느라
갈라져 쑤시는 손으로
재 속에서 불씨를 찾아 살려 놓았다.
하지만 아무도 고마워하지 않았다.

잠에서 깨면 추위에 바스러지는 소리가 들렸다.
방이 따뜻해진 뒤에야 아버지는 우리를 부르셨고
그제야 나는 느릿느릿 일어나 옷을 주워 입고
오랜 시간 쌓인 집 안의 분노가 두려워

아버지에게 건성으로 말을 건네곤 했다.
추위를 녹여 주고 내 신발까지
닦아 놓은 아버지에게 말이다.
내가 그때 어찌, 어찌 알았을까.
사랑의 엄숙하고 외로운 사명을.

● 로버트 헤이든

어른과 아이

어떤 쇼에서 사회자가 어린이 출연자에게
나중에 커서 무엇이 되고 싶냐고 묻자,
그 어린이는 조종사가 되고 싶다고 말했습니다.

그래서 사회자가 다시 아이에게
태평양 위에서 조종하던 비행기의
모든 엔진이 멈춘다면
어떻게 하겠느냐고 물었습니다.

"우선 비행기에 있는 모든 사람들에게
안전띠를 꽉 매라고 말해야죠.
그리고 저는 낙하산을 찾아서 뛰어내릴 거예요."

관객들이 웃으며 뒹굴었습니다.
그 어린아이는 눈물을 글썽이며
어찌할 줄을 몰라 했습니다.
사회자가 왜 뛰어내리느냐고 물었습니다.

"연료를 가지러 가는 거예요…….
난 돌아올 거예요."

어른들의 틀이 어린아이를 울렸습니다.

● 작자 미상

소박하고 현명하게 살며

나는 배웠다— 소박하고 현명하게 살며
하늘을 바라보고 신에게 기도하며
불필요한 불안을 없애기 위해
저녁 전에 오랫동안 산책하는 것을.
계곡에서 우엉이 사각거리며
노랗고 붉은 마가목의 송이가 고개를 숙일 때,
나는 사멸하지만, 아름다운 인생에 관한
즐거운 시를 쓴다.

● 안나 아흐마토바

당신의 왼쪽 뺨

해 지는 강변에서 당신을 기다렸어요
해는 하늘을 물들이고 강물을 물들이고
오른쪽 어깨 너머로 순환선이 지나갔어요
나는 풀밭에 있었어요
몸안으로 뜨거운 것이 자꾸 밀려들었어요
새들이 날아갔어요
강물 소리를 들었어요
나는 당신을 기다렸어요
당신의 감추어진 손과 입술과 두 발과
목소리를 기다렸어요
당신의 손가락 끝에서
당신의 입술 가장자리에서
불타오르는 하늘 아래에서
출렁이는 강물의 끝에서 나는
당신의 손가락이 놓일 그 자리에서
당신의 두 발이 멈출
당신의 눈동자가 나타날 그 자리에서
당신을
내 왼쪽 뺨에 닿을 당신의 왼쪽 뺨을

기다렸어요

당신은 아직 오지 않고

밤이 되고 봄이 겨울이 되고 눈이 왔어요

허공 속에서 얼굴이 지워진 몸들이 자꾸 걸어 나와요

풀밭은 점점 넓어지고

당신은 아직 오지 않고

그러니 당신은 여전히 내게 오는 중이고

퉁퉁 불어가는 몸으로 나는

당신을 기다리고 있어요

● 이원

다림질

찌개 냄새며 얼룩쯤이야
세탁기가 알아서 지워 주지만
가장의 고단한 일상까지 해결하진 못하나 보다
아내의 손길이 지나간 셔츠는 새 옷처럼 산뜻해진다
늦은 저녁 설거지를 끝낸 시간
아내가 다림질하는 것은
가장의 주름지고 허약한 하루는 아닐까
억눌린 심사를 올곧게 펴주는 건 아닐까

지난 가을 큰 맘 먹고 산 비싼 셔츠와
할인점서 입어 봤던 싸구려 몇 벌을
하나하나 매만지고 깃을 세우며
아내는 지금 다림질 중이다
처진 어깨도 씩씩하게 세워 주고
구부린 팔꿈치도 바로잡아 주는
아내는 지금 치료 중이다.

● 전영관

이 집을 위한 기도

어떤 해악한 일도 이 집 문턱을 넘지 않게 하소서.
불길한 일이 이 집 창문 틈을 결코
엿보지 않게 하시고, 천둥과 소나기가
이 집을 피해 가게 하소서.

믿음의 담력에 찬 서까래들이
폭풍의 난타를 이겨 내게 하시고
온 세상이 싸늘해진다 하여도
이 집 난로만은 가족을 따뜻이 지키게 하옵소서.

평화가 이 방 저 방을 사뿐히 걸어 다니면서
가족들의 입술을 정결한 포도주로 적시게 하시어
마침내는 무심하던 집 안 구석마다
성소로 피어나게 하소서.

웃음소리로 고함 소리가 들리지 않게 해주시고
벽이 비록 얇기는 해도
미움을 들이지 않고 사랑을 붙들어 주는
튼튼한 방패가 되게 하소서.

● 루이스 언터메이어

평화롭게

하루를 살아도
온 세상이 평화롭게
이틀을 살더라도
사흘을 살더라도 평화롭게

그런 날들이
그날들이
영원토록 평화롭게—

● 김종삼

세상 모든 행복을
너에게 주고 싶어

아이가 태어난 순간부터 나는 마치 사랑에 빠진 기분이었다. 아이의 이슬같은 눈빛, 신비로운 숨결 속에 나의 온 감각이 살아나고 아이의 웃고 울고 찡그리는 표정 하나하나에 내 마음은 기뻐 전율했다. 그때 결심했다. 내가 사는 날 동안 너와 함께할 아름다운 세계를 만들어가리라고. 그리고 기도했다. 이 아이가 나보다 더 행복한 인생을 살게 해달라고.

너를 안으면 다시 인생을 사는 느낌이다

내 눈빛 어두운 내 안에 우물을 비추고
내 손길 스치는 곳마다 향기로운 구절초를 드리우고
내 입술 네 뺨에 닿으면 와인 마시듯 조용히 취해간다

내 목소리 내 살아온 세월을 뒤흔들고
생생한 기운 퍼뜨릴 때

고향집 담장 위를 달리던 푸른 도마뱀이 어른거리고
달큰한 사과 냄새 앞마당 흰 백합
소금처럼 흩날리는

흰 아카시아 꽃잎 눈이 멀도록 아름다워

아 소리치며 아무 걱정 없던

추억의 시간이 되돌아와 메아리친다

• 나의 시, 「슬프고 외로우면 말해, 내가 웃겨 줄게」

초등학교 6학년인 딸이 어느 날 나에게 물었다.

"엄마는 내가 친구 많은 아이였으면 좋겠어, 아니면 공부 잘하는 아이였으면 좋겠어?"

둘 다면 좋지, 라는 나의 말에 "그게 뭐야"라고 투덜대는 아이. 하지만 솔직히 엄마 마음은 그렇다. 나는 내 딸이 공부도 공부지만 책을 많이 읽고 예술을 사랑하는 사람이 되면 좋겠다. 또 친구가 많은 아이이길 바란다. 엄마에게는 쉽게 건네지 못할 마음까지 털어놓고, 좋은 책을 나눠 읽으며 돈독한 우정을 키워 가길 바란다.

아이가 방에 들어간 뒤 곰곰이 생각해 봤다. 내가 아이에게 거는 기대는 무엇인가. 이름만 대면 알 만한 직장에 다니는 것? 나처럼 작가가 되는 것? 아니면 세계적으로 유명한 사람이 되는 것? 아니다. 그런 것들은 기대하지 않는다. 바란다고 되는 것들이 아니고, 딸의 인생은 딸의 것이니까. 내가 아이에게 바라는 1순위는 오직 하나, 아이가 건강하고 행복한 것이다. 그래서 나는 그 무엇보다 내 아이가 행복하길 기도한다.

　그러나 이런 마음과는 달리 딸에게 나는 때로 엄한 엄마다. 아이가 엄마에게 조르기 전에 무엇이든 스스로 하는 습관을 갖도록 가르쳤다. 일하느라 바빠 아이 뒤를 따라다니며 일일이 챙겨줄 수 없기도 하지만 딸이 겨울에도 푸르게 우뚝 선 소나무처럼 자립심 강한 어른으로 크길 바랐기 때문이다. 그래서 아이가 자기 일을 미룰 때는 엄하게 야단치고 매도 들었다. 딸이 초등학교 고학년이 된 후에는 자기가 먹은 밥그릇을 씻거나 자기 양말을 빠는 일 정도는 알아서 하도록 했다. 그리고 아이가 잘 한 일은 "너는 멋져, 아주 훌륭해" 하고 칭찬을 아끼지 않았다.

　그리고 또 하나, 아이가 원하는 걸 쉽게 다 들어주지 않았다. 가지고 싶은 것이 있다면 "왜 그게 갖고 싶어? 충분히 생각해 보고 엄마를 설득하면 사 줄게"라고 말했고, 들어주더라도 꿈꾸고 기다릴 시간을 주었다. 소중한 것을 어렵게 얻으면 더 감사하고 오래 간직할 수 있음을 깨닫게 하고 싶었기 때문이다. 이런 원칙에 딸은 불만을 갖고 화내기도 한다. 그러나 이런 가르침이 훗날 어떤 어려운 고난에 부딪혀도 좌절하지 않고 꿋꿋이 일어서는 힘이 될 거라 믿는다.

　그 대신 여행이나 책 읽기, 전시회 관람은 아이가 원하는 만큼 함께 다닌다. 아름다운 시를 읽고 자신만의 상상력을 마음껏 키우고, 그림을 보며 행복과 감동을 발견하는 맑은 눈을 가진 사람이 되길 바라니까. 그리고 여행을 가서는 하늘과 구름, 나무를 보며 경외감을 느끼고 더 넓은 세상을 볼 수 있도록 지켜봐 주고 이야기를 나누었다.

엄마들마다 아이를 키우는 방식은 다 다를 것이다. 내 방식이 최고라는 건 아니지만 딸이 잘 자라주니 앞으로 걱정은 없겠구나 하는 안도감이 든다. 얼마 전 학교에서 만난 선생님이 아이가 공부도 잘하지만 책을 좋아해 생각이 깊고, 다른 사람을 배려하고, 봉사 정신이 뛰어나 예쁘다는 칭찬을 아낌없이 해 주셨다. 아이가 나의 마음을 알아준 것 같아 며칠 동안 길을 걷다가도 절로 웃음이 나왔다. 세상 구석구석에 많은 관심을 보이며 따뜻한 아이로 커줘 그저 고마울 뿐이다.

아이를 십삼 년 넘게 키워도 엄마라는 이름의 무게가 익숙지 않다. 하지만 가장 중요한 엄마의 역할이 무엇인지는 확실히 안다. 엄마의 변치 않는 사랑을 보여 주는 것. 아이가 어떤 모습이든 어떤 꿈을 꾸든 엄마는 함께할 거란 사실을 알려 주는 것이 가장 먼저라는 사실이다. 나는 평생에 걸쳐 딸에게 말해 주고 보여 줄 것이다. 너는 이 세상 그 누구보다 특별하고 소중한 사람이라는 것을.

"아가야, 엄마가 곁에 있거나 없거나, 언제 어디서나 너와 함께할 거야. 언제까지나 엄마는 너를 사랑한다."

내가 채송화꽃처럼 조그마했을 때

내가 채송화꽃처럼 조그마했을 때
꽃밭이 내 집이었지.
내가 강아지처럼 가앙가앙 돌아다니기 시작했을 때
마당이 내 집이었지.
내가 송아지처럼 껑충껑충 뛰어다녔을 때
푸른 들판이 내 집이었지.
내가 잠자리처럼 은빛 날개를 가졌을 때
파란 하늘이 내 집이었지.

내가 내가
아주 어렸을 때,

내 집은 많았지.
나를 키워 준 집은 차암 많았지.

● 이준관

그리운 시냇가

내가 반 웃고
당신이 반 웃고
아기 낳으면
돌멩이 같은 아기 낳으면
그 돌멩이 꽃처럼 피어
깊고 아득히 골짜기로 올라가리라
아무도 그곳까지 이르진 못하리라
가끔 시냇물에 붉은 꽃 섞여내려
마을을 환히 적시리라
사람들, 한잠도 자지 못하리

● 장석남

안녕 나의 외계인 아기

배가 공처럼 동그랗게 부풀어 올라 병원에 갔다 나는 병실 침대에 누워 있었고 의사는 아기가 나올 모양이라고 했다 임신이라뇨 그럴 리가 없는데 의사는 사무적인 말투로 아직 나오려면 멀었으니 기다리라는 말만 하곤 간호사를 데리고 사라졌다 나는 순간 공처럼 둥근 내 배가 조금 무서워졌다 그리고 아이의 아빠가 누군지 기억나지 않아 두려워졌다 지난밤 외계인에게 납치되기라도 한 걸까 이렇게 순식간에 배가 불러오다니 그러는 사이에도 배는 점점 더 불러왔다 외계인·아기가 나올까 봐 나는 무서워 울부짖었다 달려온 의사는 귀찮다는 듯 그럼 지금 수술을 해서 떼 내어 버리자고 말했다 나는 그 의사가 더 무서웠다 메스를 들고 내 배를 툭툭 건드리고 있었다 순식간에 침대에서 벌떡 일어선 나는 밖을 향해 달렸다 뒤에서 의사와 간호사들이 소리를 지르며 쫓아왔다 나는 달리면서도 점점 배가 불러왔다 걱정 마라 내 아기 네가 외계인이라도 나는 너의 엄마가 되어줄 테니 나는 배를 만지며 울먹였다 병원 문을 나서는 순간 내 두 발은 공중으로 붕붕 날아가는 것 같았다 세상에 내 배 속에 아기가 들었는데 이렇게 가벼울 수 있다니 나는 조금씩 더 위로 공중으로 올라가고 있었다 나는 풍선처럼 떠올랐다 세상에 내 배 속에 있는 너는 외계인이 틀림없구나 나는 내 아기의 별에 도착해 뻥 하고 터질 것이 분명해 그러나 이상하게 내 마음도 몸처럼

가벼워졌다 하늘 위에서 아래를 보니 불빛이 서서히 켜지는 저녁의
도시도 아름다워 보였다 안녕 지구 나는 이제 다른 별로 간다 어둠
속에서 달이 내 손을 슬며시 끌어당겼다

• 강성은

이리 와, 내 사랑이 되어 함께 살아요

이리 와 내 사랑이 되어 함께 살아요.
골짜기와 숲과 언덕과 들판,
수풀과 가파른 산들이 베풀어 주는
온갖 즐거움을 함께 누려요.

바위에 함께 앉아,
양을 치는 목동들을 함께 바라보아요.
그 곁에서 얕은 강물 흘러가는 소리에 맞춰
새들이 아리따운 노래를 부른답니다.

장미꽃 침대를 만들어 줄게요.
수없이 많은 향기로운 꽃다발도요,
꽃 모자와 허브 잎을 엮어 짠
옷도 만들어 줄게요.

잠옷은 어여쁜 양에서 자란
제일 부드러운 털로 만들어 주고,
추울 때 신을 안감 넣은 덧신에는
순금 장식을 달아 줄게요.

허리띠는 밀짚과 어린 담쟁이로 엮어
산호 고리와 호박 단추로 장식을 달게요.
이런 즐거움이 그대 마음에 들면
이리 와 내 사랑이 되어 함께 살아요.

5월의 아침마다 목동들이 춤추고 노래할 거예요.
그대를 즐겁게 하기 위해서지요.
이런 즐거움이 그대 마음을 움직이면
어서 와 내 사랑이 되어 함께 살아요.

● 크리스토퍼 말로우

인생

인생은 현자들의 말처럼
그렇게 어두운 꿈은 아니랍니다.
가끔 아침에 조금씩 내리는 비는
화창한 날을 예고하지요.
때로는 우울한 먹구름이 드리우지만
머지않아 지나가 버립니다.
소나기가 내려 장미꽃을 피우는데
아, 소나기 내리는 걸 왜 슬퍼하죠?

● 샬롯 브론테

너를 위하여

나의 밤기도는
길고
한가지 말만 되풀이한다

가만히 눈뜨는 건
믿을 수 없을만치의
축원
갓 피어난 빛으로만
속속들이 채워 넘친 환한 영혼의
내 사람아

쓸쓸히
검은 머리 풀고 누워도
이적지 못 가져 본
너그러운 사랑

너를 위하여
나 살거니
소중한 건 무엇이나 너에게 주마

이미 준 것은
잊어버리고
못다 준 사랑만을 기억하리라
나의 사람아

눈이 내리는
먼 하늘에
달무리 보듯 너를 본다

오직 너를 위하여
모든 것에 이름이 있고
기쁨이 있단다
나의 사람아

● 김남조

의자

병원에 갈 채비를 하며
어머니께서
한 소식 던지신다

허리가 아프니까
세상이 다 의자로 보여야
꽃도 열매도, 그게 다
의자에 앉아 있는 것이여

주말엔
아버지 산소 좀 다녀와라
그래도 큰애 네가
아버지한테는 좋은 의자 아녔나

이따가 침 맞고 와서는
참외밭에 지푸라기도 깔고
호박에 똬리도 받쳐야겠다
그것들도 식군데 의자를 내줘야지

싸우지 말고 살아라
결혼하고 애 낳고 사는 게 별거냐
그늘 좋고 풍경 좋은 데다가
의자 몇 개 내놓는 거여

● 이정록

제부도

사랑하는 사람과의 거리 말인가
대부도와 제부도 사이
그 거리만큼이면 되지 않겠나

손 뻗으면 닿을 듯, 그러나
닿지는 않고, 눈에 삼삼한

사랑하는 사람과의 깊이 말인가
제부도와 대부도 사이
가득 채운 바다의 깊이만큼이면 되지 않겠나

그리움 만조로 가득 출렁거리는,
간조 뒤에 오는 상봉의 길 개화처럼 열리는,

사랑하는 사람과의 만남 말인가 이별 말인가
하루에 두 번이면 되지 않겠나

아주 섭섭치는 않게 아주 물리지는 않게

자주 서럽고 자주 기쁜 것

그것은 사랑하는 이의 자랑스러운 변덕이라네

● 이재무

동화

옛날 날마다
내일은 오늘과 다르길
바라며 살아가는
한 아이가 있었습니다.

● 글로리아 밴더빌트

오가혜

쫌쫌
고사리 손

눈부신
웨딩드레스

아빠 눈은
은하수 물결

가혜 눈은
별빛

● 오탁번

여가

이게 무슨 삶이란 말이냐, 걱정만 하느라
멈춰 바라볼 시간이 없다면.

양이나 소처럼 나뭇가지 아래서
오래도록 바라볼 시간이 없다면.

숲을 지날 때, 다람쥐가 도토리를
풀숲에 숨기는 걸 바라볼 시간이 없다면.

환한 대낮에, 밤하늘처럼, 별들로 가득 찬
시냇물을 바라볼 시간이 없다면.

미인을 향해 고개 돌려, 그녀가 발로
어떻게 춤출지 바라볼 시간이 없다면.

눈에서 시작된 그녀의 미소가 입가에
가득 번질 때까지 기다릴 시간이 없다면.

이 얼마나 볼품없는 삶이란 말이냐, 걱정하느라
멈춰 바라볼 시간이 없다면.

● 윌리엄 헨리 데이비스

토끼풀

당신이 좋아요

셋이고 넷인
초록이고 흰빛인

바람 타고 금방이라도 하늘을 날아오를 듯
새실거리는 당신이 좋아요

꽃반지 꿰어 신랑 신부
소꿉질하듯

내가 당신을,
당신이 나를 낳아도 좋은 봄날

넷이 아니라 셋인
셋이 아니라 하나인

좋아요
당신이 좋아, 온몸 가득
들판 가득 시들지 않는
신접살림 차리지요.

● 백연숙

빵집

빵집은 쉽게 빵과 집으로 나뉠 수 있다
큰 길가 유리창에 두 뼘 도화지 붙고 거기 초록 크레파스로
아저씨 아줌마 형 누나님
우리집 빵 사가세요
아빠 엄마 웃게요, 라고 쓰여진 걸
붉은 신호등에 멈춰 선 버스 속에서 읽었다 그래서
그 빵집에 달콤하고 부드러운 빵과
집 걱정 하는 아이가 함께 있는 걸 알았다

나는 자세를 반듯이 고쳐 앉았다
못 만나봤지만, 삐뚤빼뚤하지만
마음으로 꾹꾹 눌러 쓴 아이를 떠올리며

● 이면우

여행

나는 어떤 목적지에 가려고 여행하는 것이 아니라
그저 가기 위해서 여행한다.
여행을 위해서 여행한다.
중요한 것은 움직이는 것이다.

● 로버트 루이스 스티븐슨

엄마의 얼굴

나는 문 앞에 있는 엄마의 얼굴을 봐요.
나는 따뜻한 자동차 안에서 기다리는 엄마를 봐요.
혼자 기다리고 있네요. 엄마의 입김에 자동차 창유리가 뿌예져요.

어둠 속에서 나는 내 얼굴에 엄마의 손을 느껴요.
꽃이 피어나듯 어둠은 엄마에게 열림을 줘요.
내 볼에서 엄마의 차가운 손을 느껴요.
엄마 손등의 곱고 몰랑한 살갗을요.

나는 주방에서 흐르는 엄마 목소리를 들어요.
나직한 혼잣말, 높아지는 소리, 또는 화가 나 외치는 소리.
들어 보세요! 엄마가 잔잔한 콧노래를 부르고 있어요.

낮이고 밤이고—
긴 분주한 낮이나
슬프고 지루한 밤이나

엄마는 내 방문을 열어요.

나는 문 앞에 있는 엄마의 얼굴을 봐요.

● 리즈 로젠버그

조그만 소년과 할아버지

조그만 소년이 말했지. "가끔 전 숟갈을 떨어뜨리곤 해요."
조그만 할아버지가 대꾸했어. "나도 그렇단다."
조그만 소년이 소곤거렸지. "오줌도 싸거든요."
조그만 할아버지가 허허 웃었어. "나도 그렇단다."
조그만 소년이 말했지. "걸핏하면 울어요."
조그만 할아버지가 고개를 끄덕였어. "암, 나도 그런걸."
"하지만 무엇보다도 속상한 건, 어른들이 저에게
아무런 관심도 보이지 않는다는 거예요."
그러고 나서 조그만 소년은 쪼글쪼글한 손에서
따스한 기운이 전해져 오는 것을 느꼈지.
"아무렴, 그렇고말고. 네 마음 다 알지." 조그만 노인이 말했어.

● 쉘 실버스타인

추석

영창이 밝자 아이를 업고 공장에 간다.
맨발과 알몸으로 큰 나무를 톱질하자.
쿵쿵거리는 소리, 느릿느릿한 가락.
이 톱니들이 사랑스런 것은
저들이 우리 네 식구를 먹여 살림이요,
이 톱니들이 지겨운 것은
저들이 내 젊음을 갈아 마신 탓이다.

봄이 먹히고 여름도 먹힌 뒤
돌아오는 저녁 길에 문득 계수나무 꽃향내를 맡는다.
손꼽아 헤아리면 오늘이 바로 추석,
얼른 아내를 불러 창밖의 달을 보라 하니
아내는 저 달빛 좋다면서도
내일 아침 빨래가 밀렸기로
어서 잠자리에 들라 한다.

● 류사허

그대와 나

우리는 함께해야 합니다. 그대와 나
우리는 너무나 서로를 원합니다. 꿈과 희망,
계획하고 보고 이루어 내는 것들을 이해하기 위해.
동반자여, 위안을 주는 이여, 친구이자 내 생의 안내자
사랑이 사랑을 부르는 만큼 생각이 생각을 부릅니다.

인생은 너무나 짧고, 쓸쓸한 시간은 바람같이 지나갑니다.
그대와 나, 우리는 함께해야 합니다.

● 헨리 앨포드

잠

준이는 옆으로 누워 자고
나도 옆으로 누워 잔다
원래 나는 엎드려 잤다
엎드려 자면 가슴이 아
프고 옆으로 누우면 옆
에 누가 있을 것만 같아
불안한 나는 언제부턴가
시체처럼 천정을 보고
반듯이 누워 잔다 바람
만 부는 봄밤에 난 반듯
이 누워 잔다 그러나
오늘은 준이 옆에 누워
잔다

● 이승훈

사랑

내 안의 당신이
당신 안의 나를 알게 되었지

소문을 버리고, 병을 잊고
피를 씻는 저녁
창을 때리는 저 음악은 당신이 작곡한 슬픈 노래구나

버릴 수 없다면 아무것도 낳을 수 없는 법
붉은 비에 젖어 떨고 있는
당신을, 버린 나는
당신을, 가진 나는

밥 짓는 냄새에도 울컥,
입덧을 한다

● 김요일

말랑말랑한 말들을

돌 지난 딸아이가
요즘 열심히 말놀이 중이다.
나는 귀에 달린 많은 손가락으로
그 연한 말을 만져본다.
모음이 풍부한
자음이 조금만 섞여도 기우뚱거리는
말랑말랑한 말들을.

어린 발음으로
딸아이는 자꾸 무어라 묻는다.
발음이 너무 설익어 잘 알아들을 수는 없지만
억양의 음악이 어찌나 탄력있고 흥겨운지
듣고 또 들으며
말이 생기기 전부터 있었음직한 비밀스러운 문법을
새로이 익힌다.

딸아이와 나의 대화는 막힘이 없다.
말들은 아무런 뜻이 없어도
저 혼자 즐거워 웃고 춤추고 노래하고 뛰어논다.

우리는 강아지나 새처럼
하루종일 짖고 지저귀기만 한다.
짖음과 지저귐만으로도
너무 할 말이 많아 해 지는 줄 모르면서.

● 김기택

혼자 가는 먼 집

　당신……, 당신이라는 말 참 좋지요, 그래서 불러봅니다 킥킥거리며 한때 적요로움의 울음이 있었던 때, 한 슬픔이 문을 닫으면 또 한 슬픔이 문을 여는 것을 이만큼 살아옴의 상처에 기대, 나 킥킥……, 당신을 부릅니다 단풍의 손바닥, 은행의 두 갈래 그리고 합침 저 개망초의 시름, 밟힌 풀의 흙으로 돌아감 당신……, 킥킥거리며 세월에 대해 혹은 사랑과 상처, 상처의 몸이 나에게 기대와 저를 부빌 때 당신……, 그대라는 자연의 달과 별……, 킥킥거리며 당신이라고……, 금방 울 것 같은 사내의 아름다움 그 아름다움에 기대 마음의 무덤에 나 벌초하러 진설 음식도 없이 맨 술 한 병 차고 병자처럼, 그러나 치병과 환후는 각각 따로인 것을 킥킥 당신 이쁜 당신……, 당신이라는 말 참 좋지요, 내가 아니라서 끝내 버릴 수 없는, 무를 수도 없는 참혹……, 그러나 킥킥 당신

　● 허수경

일몰

누구에게는 이 세상은
단 한번도 태어나지 말아야 할 세상이겠지

아니
누구에게는 이 세상은
단 한번이 아니라
여섯 번
일곱 번이나 또 태어나서
여섯 번
일곱 번이나 또 살아야 할 세상이겠지

막 해가 지누만

● 고은

가지 않은 길

노란 숲 속 두 갈래 길
나그네 한 몸으로
두 길 다 가 볼 수 없어
아쉬운 마음으로 덤불 속 굽어든 길을
저 멀리 오래도록 바라보았습니다.

그러다 다른 길을 택했습니다.
두 길 모두 아름다웠지만 풀이 밟히지 않은
길이 더 끌렸던 것일까요.
하기야 두 길 모두 사람들의 발길로
엇비슷하게 보였지만요.

그래도 그날 아침에는 두 길 모두
아무도 밟지 않은 낙엽에 묻혀 있었습니다.
아, 훗날을 위해 하나의 길을 남겨 두기로 했습니다.
하지만 길은 길로 이어지는 법이라
되돌아올 수 없음을 알고 있었지요.

먼 훗날 나는 어디선가

한숨지으며 말하겠지요.

어느 날 숲에서 두 갈래 길을 만났을 때

사람들이 잘 가지 않은 길을 갔었노라고.

그래서 모든 게 달라졌노라고.

● 로버트 프로스트

인생

인생은 한 권의 책과 비슷하다.
바보는 그것을 아무렇게나 넘기지만
현명한 사람은 그것을 차분히 읽는다.
왜냐하면, 단 한 번뿐이
읽지 못하는 것을 알고 있기 때문이다.

● 장 파울

뽀뽀 안 할 거예요

"그것 참 고소하다!
그것 참 싱싱하다!"
아빠가 빙어를 먹어요.

은빛 물고기
작은 물고기

까만 눈 달달 떠는데
파닥파닥 몸부림치는데

핏방울같이 튄
뻘건 고추장 닦아 가며
아빠가 빙어를 먹어요.

아빠랑 뽀뽀 안 할 거예요.
입 닦아도 안 할 거예요.

● 김미혜

꺾인 나뭇가지

나는 한때 내 생이 꺾인 나뭇가지라고 생각한 적이 있었다 폭풍우가 치고 숲이 휘청거리고 다시 말짱하게 개인 하늘 아래 숲이 몸을 추스리고 정신 차려 보면 그 풍우 속에서도 의연히 버틴 나무들 그러나 가지 몇 개는 부러지고 몇 그루 나무들은 둥치째 넘어져 있기 일쑤다

어찌하랴 우주가 있으므로 풍우가 있고 나무가 있으므로 꺾이는 가지도 있는 것을 저 나무는 튼실한데 왜 나만 꺾였냐고 오래 슬퍼할 일은 아니다 산에는 솟은 봉우리가 있고 가라앉은 골짜기도 있다 오래 하늘에 떠 있는 구름이 있고 먼저 비로 내리는 구름도 있는 것이다 봉우리는 운이 좋고 골짜기는 운이 나쁜 게 아니다 구름은 즐거운 것이고 비는 슬픈 거라고 말해선 안 된다 봉우리는 밝은 햇볕을 쬐고 골짜기는 맑은 물을 품을 것이다 또한 저 구름도 머잖아 비가 되고 이 비도 곧 구름이 될 것이다

꺾인 나뭇가지가 숲에 놀러 온 동네 개구쟁이의 손에 들려 숲을 떠나면 그 아이가 동무들과 신나게 휘두르는 나무칼이 될 수도 그 어머니 맵차게 후려치는 회초리가 될 수도 있겠지 숲에서 다람쥐와 넝쿨 식물의 즐거운 버팀목이 되었지만 이제 마을에선 한 아이의

삶을 받드는 지렛대가 될지 모른다

　설사 아궁이에 던져져 하룻밤 불쏘시개가 되어도 그 더운 연기
는 넓디넓은 우주 속에 스며들 것이다 그리고 다시 우주는 한 그루
어린 나무를 키우리라

　● 조향미

새 아침

사랑에 눈뜨는 우리 영혼에 새 아침이 밝았어요.
우린 이제 두려움으로 서로를 바라보지 않아요.
사랑은 다른 쪽에 한눈파는 걸 싫어하고
아주 작은 방이라도 하나의 우주로 만드니까요.
탐험가들은 마음껏 신세계로 가라고 해요.
다른 이들은 지도로 딴 세상 가보라고 하고요.
우리는 하나의 세계. 각자가 하나고 함께 하나이니.

● 존 던

순수의 노래
_양

작은 양아, 너를 누가 만들었니?
누가 너를 만들었는지 너는 아니?

너에게 생명을 주고
시냇가에서, 들에서 너를 먹이고
반짝이는 가장 보드라운 옷을 입히고
모든 골짜기를 기쁘게 하는
그리도 연하고 고운 목소리를 너에게
주신 분이 누구인지 너는 아니?
작은 양아, 누가 너를 만들었니?
누가 너를 만들었는지 너는 아니?

작은 양아, 내가 알려 주마
작은 양아, 내가 알려 주마.

그 분은 네 이름과 같으시다.
그 분은 자신을 양이라고 부르신다.
그 분은 유순하고 온화하시다.
그 분은 작은 아가였다.

나는 아가 그리고 너는 양
우리는 그 분의 이름으로 불린다.

작은 양아, 하느님의 축복을!
작은 양아, 하느님의 축복을!

● 윌리엄 블레이크

체로키 인디언의 축원 기도

하늘의 따뜻한 바람이
그대 집 위에 부드럽게 일기를.
위대한 신이 그 집을
찾는 모든 이들을 축복하기를.
그대의 신발이
눈 위에 여기저기 행복한
흔적을 남기기를,
그리고 그대 어깨 위에
늘 무지개가 뜨기를.

● 작자 미상

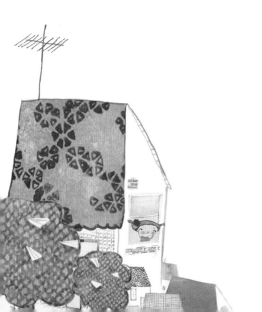

시의 출처
이준관,「내가 채송화꽃처럼 조그마했을 때」,「내가 채송화꽃처럼 조그마했을 때」, 푸른책들
쉘 실버스타인,「조그만 소년과 할아버지」,「다락방의 불빛」, 보물창고

아가야,
엄마는 너를 기다리며
시를 읽는다

초판 1쇄 발행 2013년 8월 26일
13쇄 발행 2022년 4월 11일

엮은이 신현림

발행인 이재진 **단행본사업본부장** 신동해
책임편집 오민정 **디자인** [★]규 **일러스트** 최광렬
마케팅 최혜진 이은미 **홍보** 최새롬
제작 정석훈

브랜드 걷는나무
주소 경기도 파주시 회동길 20
문의전화 031-956-7208(편집) 02-3670-1123(마케팅)
홈페이지 www.wjbooks.co.kr
페이스북 www.facebook.com/wjbook
포스트 post.naver.com/wj_booking

발행처 ㈜웅진씽크빅
출판신고 1980년 3월 29일 제 406-2007-000046호

ⓒ 신현림 2013 (저작권자와 맺은 특약에 따라 검인을 생략합니다.)
ISBN 978-89-01-15882-2 03800